ラン！

夕紀 祥平

東京図書出版

ラン！◇目次

弱小高校野球部

エンジンの音を唸らせて大型バイクは常陽高校の校門を入っていった。下校する生徒たちの間を疾駆する。

生徒玄関前にバイクを止め男は降り、ヘルメットを脱いだ。

風間徹、三十歳——リーゼント、黒のレザージャケットとレザーパンツ、バイクブーツ。通りがかりの女子が恐ろしそうに上目づかいで会釈した。徹は女子の肩を叩き、よっ後輩、と言った。女子はぎゃああーっと叫び一目散に走り去った。

(そんなにオレの顔は怖いかな)

徹はジャケットの内ポケットから手鏡を出し自分の顔を映した。

(若いころの前田日明みたいな美男子なのに)

中に入りブーツを脱ぐと周りにスリッパが無いのに気が付いた。ジャージ姿で歩く男子を見た徹は、

「おい、スリッパはどこにある」

と声をかけた。男子はびくっと震えると、

「スリッパなら、た、多分正面玄関にあると思います」

そう言って走り去っていった。

(そうだ、正面玄関から入ればよかったんだ)

高校時代のくせでつい生徒玄関に入ってしまった。

廊下を歩くとすれ違う生徒たちが奇妙な動物を見るように振り返る。だが徹が校長室のドアをノックし、

「オヤジ、オレだ。息子の徹だ」

と言うとみな、ええーっと叫んだ。

徹は振り返り、生徒たちにVサインをして、にやっと笑った。


校長室で徹は父の風間竜太郎と向かい合ってソファに座った。久しぶりに会う父は幾分弱々しく見えた。髪も一層白くなった。

「徹、元気か」

「いきなり呼び出して何の用だい」

竜太郎がふっとため息をついた。

「今年の我が校の新入生は定員割れだ」

「収入減てことか」

徹はソファにもたれ足を組んだ。

風間竜太郎は学校法人常陽学園の理事長である。常陽高校と常陽大学を経営している。

「常陽高校は偏差値は高くないが、学力の低い生徒や高校を中退した生徒たちの受け皿としてそこそこ生徒は入って来た。大学もあるからそれも人気の一つだったと思う。それが数年前から志願者が減ってきている」

「子供の数が減ってきているからな」

「いや、隣の区の北麗高校に食われているんだ」

北麗高校は十年ほど前に創立した私立高校だ。

「なぜだかわかるか」

「野球部の活躍かな」

北麗高校野球部は数年前から著しく台頭してきた。プロ野球の経験者を監督に招いたのだ。その男は高校大学、社会人野球も経験したベテランだった。三年連続で夏の甲子園に出場、昨年はベスト8まで行った。竜太郎が言った。

「野球部だけじゃない、甲子園の応援を見ただろう、吹奏楽部とチアリーダーの盛大な応援を」

それは徹もテレビで見た。輝かしい楽器とカラフルなデザインのチアリーダーのユニフォーム。

「野球部の様々な設備や備品のほかにも吹奏楽部の楽器に莫大な金を注いだんだ。吹奏楽部はコンクールでも優秀な成績を残した。それであの高校の人気はうなぎのぼりだ。その分我が校が割を食ったってわけだ」

「それでオレにどうしろって言うんだ」

竜太郎は徹を見据えた。

「本校も野球部に力を入れることにした。ついては君に監督を引き受けてもらいたい」

「ばかばかしい」

吐き捨てるように徹が言った。

「昔の熱血マンガじゃあるまいし。元不良少年が野球部の監督かよ」

徹は高校のころからバイクを乗り回していた。タバコも吸っていた。

「オレはこれでも忙しいんだ。飲食店を三店抱えてる」

本当は飲食店というよりスナックバーだ。

「だが、私はあの学校に生徒を取られるのが我慢ならんのだ。うちは六十年の歴史を持つ学校だ。それを新設校に生徒を奪われて。

徹、君はここの高校と大学で野球部だっただろう」

それは事実だった。

「去年私は大恥をかかされた。夏の全国大会予選で我が校はあの高校に不戦敗したのだ」

「どういうことだい」

「部員達が試合をボイコットしたのだ。負けるに決まっている試合に出る必要はないと。彼らは球場にさえ来なかった」

なるほど……徹は考えなおした。徹が現役のころからこの高校の野球部は弱小だったが、相手チームが強豪だからと試合をボイコットするようなことはしなかった。

——戦う前に負けてるようではだめだな——

「もちろん監督としての報酬は払う」

「野球部の部員は何人だ」

「名簿上は十六人」

「幽霊部員がいるってことか」

「それはわからない」

「顧問は誰だ」

「英語の川崎教諭だが名前だけだ。誰も野球部と関わりたいと思っていない」

「一年生は何人だ」

「ゼロだ。今年度の新入生で野球部に入った生徒はいない」

徹は竜太郎をにらんだ。

「オヤジ、まじめな話をするぜ。今は何月だ」

「五月」

ゴールデンウィークが終わったばかりだった。

「今からじゃ夏の甲子園は絶対無理だ。いや来春の選抜も無理だろう。秋の地区大会までにチームを作り上げるのは無理だ。

最低一年時間をくれ。来年夏の甲子園出場を第一目標にする」

「引き受けてくれるか」

「チームを見て判断する。それとユニフォームを一着用意しといてくれ。いや……いい。思い出した。オレのユニフォームがマンションにある」

高校を卒業するとき記念にと、野球部の備品であるユニフォームを持ち去ったのだった。

徹は竜太郎とは別居している。


徹は校舎を出ると野球部の部室に向かった。授業は終わったはずだが校庭には野球部員の姿はない。多分部室でマンガを読んでいるかタバコを吸っているかだろう。そうでなければスマートフォンか。

入り口に立つと中から笑い声が聞こえてきた。勢いよくドアを開けると笑い声が止んだ。五人ほどの部員がユニフォーム姿で地べたに座り込んでいた。皆ユニフォームのボタンを外している。ただタバコの臭いはしなかった。今時タバコはダサいのだろう。

「キャプテンはいるか」

徹が問いかけた。

「あんた誰だよ」

部員の一人が言った。

「オレは校長から野球部の監督を頼まれた風間徹だ」

部員たちは顔を見合わせた。

「風間……」

徹はうなずいた。

「この高校の校長で常陽学園理事長の風間竜太郎の息子だ。もう一度言う。キャプテンは誰だ」

「キャプテンはオレっす」

長身の男子が立ち上がった。

「名前は」

「木島龍夫です」

「この学校は竜や龍が多いな。まあいい、練習は明日からだ。今日はオレの思いを伝えておく。

　オレたちは来年の夏甲子園へ行く」

「えっ」と部員達は声を上げた。

「もちろんそのためには方法がある。練習するのは無論だが、部員数が絶対的に足りない。十六人では紅白戦もできない。いや、他校を相手に練習試合をするなら十六人でもいいが」

「十六名いません」

　木島が言った。

「校長は名簿上十六人いると言ったが」

「そのうちの六人はこの半年練習に来ていません」

「ならこれから来るよう言っておくんだな。オレは校長に新入生の調査書を見せてもらう。中学時の所属部が記入されているはずだ。野球部にいた生徒を勧誘する。あいにくオレは監督ではあっても教師ではないから昼間生徒の勧誘は出来ない。お前達でやってほしい。めぼしい生徒は知らせておく。解散」

それだけ言うと徹は部室を去って行った。

翌日、再び徹は昨日と同じ時刻にバイクで常陽高校に来た。ユニフォームとスパイクが入ったナップザックを肩にひっかけて野球部室に入った。ユニフォームに着替えた部員が数名いた。

「準備体操をして校庭をランニングしろ」

「いつまでですか」

「集合の合図があるまでだ」

徹はナップザックからユニフォームを出した。ジャケットを脱ぎ、レザーパンツを下げた。

「ギャッ！」

後ろから女子の叫び声がした。徹はトランクスをむき出しにしたまま振り返った。白のTシャツに赤いトレパンの女子が立っている。

「だ、誰ですか？」

「校長から野球部の監督を頼まれた風間徹だ」

オレはこの学校の校長の息子なんだ、と付け加えた。この面倒な挨拶を今後もしなければならないと思うと少しうんざりする。

「お前は誰だ」

「野球部のマネージャーです」

「名前は」

「リサ」

「姓は」

「セイ？」

「名字だよ」

「城ノ内……」

(城ノ内？)

珍しいこともあるものだ、と徹は思った。城ノ内というあまり多くはない姓の女を徹は知っている。いや知っているどころではない、その女と付き合っている。

「バッテリーは誰と誰だ」

「バッテリーってなんですか」

「ピッチャーとキャッチャーだよ」

本当に野球部のマネージャーだろうかと徹は思った。

「ピッチャーはキャプテンの木島先輩、キャッチャーは二年生の堀口君です」

「ということは木島は三年生か」

「はい」

すると来年木島は卒業だ。ならば二年生のなかからピッチャーを育てなければならない。もしかしたら一年生からも。

(放課後来ればいいなんて思ってたオレは呑気だったな。明日にでも新入生の調査書を見せてもらわないと)

徹はユニフォームに着替え終わると校庭に出た。部員たちは素直にランニングをしている。

(案外おとなしいんだな)

徹は部員に「集合！」と声をかけた。

「一列に並べ」

部員たちは列を作った。昨日いなかった部員が数名来ていた。ちゃんと声をかけたのだろう。

「改めて自己紹介する。校長から野球部の監督を頼まれた風間徹だ」

校長の息子だということは昨日来なかった部員にも伝わっているはずだ。徹は部員に名前と学年、今までついていた主なポジションを言わせた。ピッチャーと答えたのは木島だけだった。

「木島と堀口はピッチング練習だ。あとは二人一組でキャッチボール」

徹は木島をマウンドに立たせた。

「軽く投げてみろ」

と言い、ミットをはめて構える堀口の後ろに立った。木島は振りかぶると左腕を大きく振った。いい球筋だと徹は思った。

(だが二年生部員からピッチャーを育てないと)

徹はキャッチボールをする部員達を目で追った。体格でいえばセンターの飛島祐太郎が二年生では一番大きい。体格だけでピッチャーを選ぶわけにもいかないが、木島のピッチング練習を止めさせてマウンドへ行った。

「あの中に肩のいい部員はいるかな」

キャッチボールをしている部員達を指差して言った。

「センターの飛島がいいと思います。ただ……」

「ん？」

「監督は知ってるでしょうけど、あいつは昨日部室に居ませんでしたよね。飛島は長いこと練習に来なかったんです。今日自分があいつの教室へ行って、新しい監督が来たから練習に出ろって言って、それで来たんです。

だからまだ本調子じゃないと思います」

「これから肩を作っていけばいいさ」

呼ばれて練習に来たのだから、もとから野球が嫌いなわけじゃないのだろう。秋の地区大会後、公式戦がないから自然とだらけてしまったに違いない。

「来年あいつをピッチャーにしようと思う。お前、仕込んでくれんか」

木島は驚いた顔をした。

「自分が教えればいいんですか」

「オレはやることがいっぱいある。部員たちの基礎体力作りや野球のセオリーを教えることもしなきゃならん」

始動

夜、徹は彼の経営するスナックバー「不夜城」へ行った。ドアを開けるとカウンターの奥に城ノ内怜奈がいた。開店前でまだ客はいない。

「社長いらっしゃい」

「オヤジに厄介ごとを頼まれたよ」

徹はカウンターの椅子に座り、キープしてあるウィスキーのボトルでロックを作ってもらった。

「どんな厄介ごとか訊いていい？」

出されたグラスに口を付けた。

「オヤジの高校の野球部の監督を引き受けさせられた」

「野球部？」

怜奈が怪訝な顔をした。

「お父さんの高校って常陽高校でしょ？」

「そうだ、君と同じ城ノ内って名字の女子がいたぜ。マネージャーだそうだ」

「私の妹だわ」

「そうだと思った。でも歳が離れているな」

「腹違いよ。私のママが早くに亡くなって、パパが再婚した。あの子はパパと再婚相手との子よ」

「妹とは仲は良いのか」

怜奈は煙草をくわえ火をつけた。ふうーっと煙を吐き出す。

「あの女……パパの再婚相手は同じ会社の派遣社員だったの。わかるでしょ」

徹は黙ってウィスキーを飲む。

「男だから浮気しても仕方ない、とは今になって理解できるんだけどね。なにもママが亡くなってすぐ浮気相手と再婚することないじゃない。

小学五年の時だったわ、あの女が家に住み着いて。知らぬ間に女のお腹が大きくなっちゃって、そしてあの子が生まれたの。継母とあの子が家にいて、あの女はリサばっかりかわいがるのよ。私、家の中が嫌になっちゃって。

それで高校卒業したら家を出て水商売に入ったの。そしたら社長、あなたにヘッドハンティングされて」

ふっと怜奈は笑う。彼女は徹がまだ独立していないころ通っていたスナックの店員だった。店を持った徹がスカウトしたのは確かだが、その前に徹は怜奈とホテルへ行った。社長は何もかも手の早い男だ、と暗に言っているのだ。

「パスタ作ってくれ、ミートソース」

「社長はいつもミートソースね」

怜奈は笑って厨房へ入っていった。食欲はなかったが徹は一人になりたかった。

徹は怜奈には言っていなかったが彼も似た境遇だった。中学一年の時父が亡くなり、三年生に進級する前の春休みに母が風間竜太郎と再婚し、徹は風間家の養子となった。父が教育委員会に勤めていた関係で葬儀の時竜太郎も参列していたのだ。喪服の母を見初めたのだと思うと徹は胸糞が悪くなった。

三年生になった新学期、名字が変わった徹は同級生にからかわれた。坂口君、君はいつから風間姓になったんだいと言われた。お前の母親は淫乱だな、と言われることが何より悔しかった。徹は次第に暴力をふるうようになり周囲から煙たがられるようになった。高校の間でも噂が知れ渡り、担任は徹の公立高校への進学は無理だと言った。それで竜太郎は徹を常陽高校へ入学させたのだ。内部進学で大学にも行かせた。

大学卒業後、徹はバーテンダーになった。勤めた店でスナック経営のノウハウを吸収し、貯金して自分の店を持った。経営戦略が功を奏し店舗を三つ構えるまでになった。もっと店舗を増やそうと思った矢先の監督就任だった。

ドアが開いた。バーテンダーの水上が入って来た。「社長、いらっしゃい」と怜奈と同じ挨拶をした。怜奈もパスタを持ってカウンターに現れた。

「厄介ごとを頼まれて、社長はお困りのようよ」

「へえ、どんな厄介ごとですか」

訊かれて徹は思いだした。

「水上、おまえ野球チームに入っているそうだな」

「ええ、下手だけど好きなもの同士のね。でも私は夜の仕事ですから最近朝起きるのがつらくなっちゃって。それで試合の方は私は遠慮させてもらってるんですよ」

徹はグラスのウィスキーを飲み干した。

「うちのチームが力をつけたら、練習試合を頼むからな」

「練習試合って、社長もチームを作ったんですか」

徹は答えなかった。怜奈も笑うだけ。徹は水上にソルティ・ドッグを頼んだ。グルメではない徹はパスタはミートソース、カクテルはソルティ・ドッグだった。考えてみれば家族での外食など経験がなかった。

パスタを食べ終え店を出る徹を怜奈が見送ってくれた。ドアの外で徹は怜奈に言った。

「店が終わったらマンションに来いよ」

マンションに帰った徹はシャワーを浴び、冷蔵庫から缶ビールを出した。本当は店でカクテルを飲むよりここで缶ビールを飲むほうが愉しい。パソコンの電源を入れＤＶＤを挿入した。悪友の徳丸が貸してくれたＡＶだ。と言ってもデリヘルの仕事を記録したドキュメンタリーでハードなものではない。

徳丸は高校の同級生で同じ野球部員だった。デリヘルを経営していて徹も開業を勧められた。

「儲かるぜ、それに元手もかからない。お前のマンションが仕事場だ、いや携帯電話さえあればいい。ホームページ作成は知ってる会社を紹介するぜ」

——だが高校野球の監督がデリヘルを経営してたら問題だろうな——

徹は高校時代、事件を起こしたことがある。野球部の先輩の理不尽なしごきに腹をたて暴力をふるったのだ。それがマスコミに知られ、日本学生野球協会は徹を一カ月間の対外試合禁止処分にした。

徹は憤りを感じた。自分を出場させるか禁止させるかは学校側が決めることだ。何故協会が出場を禁止するのか。

それだけではない、校長の竜太郎は暴力があった事実を隠蔽したとしてテレビ局や新聞社がどっと学校に来た。竜太郎は彼らに頭を下げて謝罪した。その模様が全国放送された。実際は殴られた部員の父が地元の新聞社にリークしたのだ。だがなぜマスコミは当事者の自分の所へ来て謝罪を求めないのだと徹は思った。自分は健全な高校球児で、悪いのは校長――父なのか。

徹はふっと笑った。オヤジに返事する前に監督を引き受けた感じになってしまったな。それも協会に対する恨みからかもしれない。いや協会を見返してやりたいのかもしれない。かつて出場を禁止された自分が監督する学校が甲子園で優勝すれば痛快だ。

しかし協会が高校野球の風紀を仕切っているのだから暴力事件は起こさないようにしなければと思った。木島にはやることがいっぱいあると言ったが、各部員に目を配るのもその一つだ。

ドアが開き怜奈が入って来た。怜奈は合鍵を持っている。

「シャワー浴びさせてね」

そう言ってバスルームに入っていった。徹は灯りを落としベッドに入った。

それから数日、野球部員にはランニングとキャッチボールをさせた。木島にはピッチング練習。仕上がってきたらバッティングピッチャーをさせるつもりだった。新入生の調査書も見て野球部に所属していた生徒を二年生に報せ勧誘させた。まだ入部したものはいないがそのうち入ってくるだろうと徹は思った。

週明けの放課後、徹は集合をかけた。

「白線を引いてベースを置いてくれ。ベースランニングだ」

白線が引かれベースが置かれる。

「ひとりずつダイヤモンドを一周する。声をかけたらダッシュしろ」

部員たちはホームベース前に列を作った。先頭は二年生の畑中。徹が叫んだ。

「走れ《ラン》！」

畑中が駈けだした。

半月がたった。一年生も三人入って来た。試合が出来ないので実戦形式の練習に入った。内野陣に守備をさせ一塁にランナーを置き、送りバントの練習。それからスクイズの練習、盗塁。シートノックは徹自身がやった。バットを持つのは久しぶりだ。空振りしては恥をかくので慎重に打ち始めた。

次第にそんな野球部の練習に生徒たちが注目するようになった。下校する女子生徒が立ち止まって練習を見るようになった。

「監督」

リサが女子を連れてきた。

「私の中学の後輩の安奈です。マネージャーをしたいそうです」

「ああ、宮里安奈か。中学ではソフトボール部だったな」

安奈が叫んだ。

「知ってるんですか！」

新入生の調査書は男女問わず、すべて見た。

「ソフトボール部ならノックできるだろ」

「できると思います……け……ど？」

「じゃあこれからノックをやってくれ。オレは木島と飛島のピッチングも見なければならん」

「私がやるんですか！」

「ああ、それとスコアブックの付け方を勉強しろ。スコアブックは買ってやる。書き方も教えてやる」

野球部も華やいできたな、と徹はうきうきしてきた。

マンションに帰ると徹はパソコンでカーブの投げ方を検索した。

(変化球の基本はカーブだ)

野球部時代、徹はピッチャーだった。だが指導者に恵まれずカーブは独学で、変な癖がついてしまった。投げると決まって暴投だった。だから自分ではカーブは教えられない。

木島は左投げ、飛島は右投げでいいバランスだ。

(左の木島のカーブが決まれば強力な武器になる。だが彼は三年生だ。二年生か一年生の左が欲しいな)

スマートフォンが鳴った。母の麻子だった。

「徹、元気?」

「いったい何の用だい」

言ってから徹は気が付いた。オヤジにも同じこと言ったっけ。我ながら親には無愛想だな。

「お父さんから聞いたわ。野球部の監督になったんですってね」

話していけないことではないが、オヤジはなぜそんなことを母に言ったのだろう。

「お母さん、あなたに話したいことがあるの。明日会えないかしら」

「今言えないのか」

麻子は無言だった。母とはめったに顔を合わせないからたまには自分の顔を見たいのだろう。徹はわかったと言い時間と会う場所を指定した。

翌日、徹は待ち合わせの喫茶店でコーヒーを飲みながら母を待った。約束の時間丁度に麻子は入って来た。久しぶりに見る母の美しさは少しも衰えていなかった。麻子はウェイトレスにコーヒーを頼んだ。

「仕事の方はどう」

「まあまあ」

「野球の方は」

「全く未知数」

徹はコーヒーをすすった。

「野球のことはわからないけど頑張ってね」

「ああ、でもなぜオヤジは母さんにこの話をしたんだろう」

麻子は出されたコーヒーに砂糖を入れた。

「お父さんはあなたを次期理事長にしたいのよ」

「何だって！」

徹が叫んだ。驚いたウェイトレスが振り向く。

「オヤジには兄さんがいるじゃないか」

兄さんとは竜太郎と先妻の子供の風間晃一郎のことだ。徹の三歳年上で成績優秀。東大を出て官庁にいる。

「晃一郎さんとお父さんは折り合いが悪いのよ。実の父子って案外そんなものよ。役所を辞めたりはしないわ」

晃一郎も竜太郎とは別居していた。

「だが次期理事長の話と野球部監督の話は接点がないな」

麻子がうつむいた。

「経営難なのよ、北麗高校ができてから年々志願者が減ってきているの。ついに昨年、北麗高校から合併の話が来たのよ。吸収合併ね。向こうは大学はないけどこちらにはあるからそれも魅力なのね。プライドの高いお父さんはそれが耐えられないの。風間家はもとは武家だから」

「家柄の話は大嫌いだ」

元武家だろうと公家だろうとどうでもいいことだ。

「徹、あなたも通った学校を悪く言いたくはないけど、常陽高校はいわば落ちこぼれの学校でしょう。生徒も教師も活気がないのよ。お父さんはその雰囲気を何とかしたいわけ。このままじゃ入学者は減る一方よ」

「野球部が活発になれば雰囲気も良くなるってわけか」

徹は煙草に火をつけた。

「短絡的だが案外本質を突いてるかな。野球部が活躍すれば北麗みたいに吹奏楽部やチアリーダーもがんばるだろう。それで学校の雰囲気がよくなり入学生が増えれば次期理事長のオレも潤うってわけだ」

「……」

夫の為でなく自分のためになる、という息子の言い方に麻子は気まずい思いがした。息子は知っているのかもしれない。自分が風間と結婚したのは風間家の財産が魅力的だったからなのだ。

「そのために監督をするのも悪くない。だが母さん、オレはあの学校に行ってから考えが変わったんだ」

「どういうふうに？」

「もともとオレは今の高校野球界、いや野球に限らず学校運動部の非科学的な猛練習やしごきや体罰に反感を抱いていた。練習は合理的科学的にやらなきゃいけない。また体罰はもってのほかだ。オレは自分のトレーニング方法を試してみたいんだ。間違っていなけりゃ常陽高校は来年の夏は甲子園に行ける、行けなくともそのレベルには達する。オヤジや学校のためじゃない、常陽高校野球部員のために、いや、大げさに言えば高校野球界のために監督をするのさ」

麻子は徹をまじまじと見つめた。

「どうしたのさ」

「徹……お前も大人になったねえ」

「よせやい、オレはもう行くぜ」

レシートを持って立ち上がった。

「徹」

「なんだい」

「たまには家に帰ってきてね」

「あの家は広すぎて居心地悪いんだ。じゃ」

夜、徹は「不夜城」へ行った。怜奈と水上がいた。客も三人。

「水上、急で悪いが来週の土曜日、お前のチームと試合をやらせてくれないか」

「試合って社長のチームとですか」

徹は今までのことを話した。

「そりゃすごい、社長の高校が甲子園へ行ったら社長は時の人ですよ。元暴走族のリーゼント監督！」

「オレはバイクは飛ばしてたが暴走族には入っていなかったぜ。で、どうだ。引き受けてくれるか」

「土曜日は練習日だから大丈夫だと思いますよ。でも仕事のやつもいるからメンバーそろうかな」

「たりないポジションはうちの部員を回すから確認しといてくれ」

「それじゃ練習試合にならんでしょう」

「実践練習だからいいんだ。一人でも多く試合に出させたい」

「あいつら張り切りますよ、高校球児との試合だなんて」

「弱すぎてがっかりしないように伝えといてくれ」

社長、と怜奈が声をかけた。

「私、試合見に行っていい？」

「いいけど、お前野球好きなのか」

「ユニフォーム姿の社長が見たいの」

おどけて言ったのかと思ったが怜奈は笑っていなかった。

試合の朝、徹と常陽高校野球部員は試合をする球場へ向かった。学校側にバスを手配してもらっていた。ベンチに入ると水上が相手チームのユニフォームを着た男を連れてきた。

「社長、じゃない監督。うちのチームのキャプテンです」

男は帽子を取り、山内です、と言った。歳は四十歳くらいで無精ひげを生やしている。

「試合させてくれて感謝します。高校球児とのゲームなんて願ってもないことで、みな張り切ってます」

「いや、こちらこそ球場を使えてありがたいです。お手やわらかに頼みますよ」

水上は球審と塁審もいますよ、と言った。徹は不安になり山内に尋ねた。

「謝礼を払わないといけないんじゃないですか？」

水上が両手で制した。

「大丈夫です、うちのチームの仲間ですからボランティアです。ただし反省会の費用はこっち持ちです」

徹は笑った。さぞかしにぎやかな反省会だろうと。水島が言うには、塁審は無資格だが球審はちゃんと高校野球審判の資格を持っているとのことだった。徹は相手チームの選手たちに目をやった。キャッチボールする姿を見ていると、そう強いチームには見えない。道楽程度に野球をやっているんだろうと思った。そのほうが和気あいあいとしていい。

「お姉ちゃんがいる」

リサが言った。スタンドに怜奈の姿があった。

試合は4対2で常陽の勝ちだった。徹は勝ったことより試合内容に満足した。エラーがなかった。ランナーが出た時のバントや盗塁も徹のサイン通りだった。この分だと夏の地区大会を勝ち進めなかったとしても恥ずかしい試合にはならないと思った。部員たちを学校に戻し解散した後、徹は相手チームに誘われて反省会に行った。場所は焼き肉店だった。

「会費はいくらですか」

山内が笑った。

「高校生と試合させてくれたんだからいりませんよ。その代わりまた試合させてください」

ジョッキが次々と空になっていった。山内が言った。

「風間さん、お聞きしたいが、おたくあの野球部をどこまで行かせたいと思っているんですか」

「行かせたい、というと」

「つまりズバリ甲子園を狙っているとか」

徹は一呼吸置いた。

「もちろん全国大会は狙っています。ただそのためには段階を踏んでいかないと」

「今はどの段階でしょう」

「プレイしてお分かりいただけたかと思いますが、今はまだ力不足です。足腰を鍛え基礎体力をつけていかないと」

「とにかく頑張ってくださいよ。私たちと試合した高校が甲子園に出るなんて夢のようだから」

さあ、とセカンドを守った男が徹に追加のジョッキを差し出した。

恋人

マンションへ戻りしばらくするとノックの音がした。ドアを開けると怜奈が立っていた。

「お前か、合鍵があるじゃないか」

怜奈はパンプスを脱ぎ中に入った。

「あなた、お父さんには話したの？」

徹は言葉に詰まった。怜奈と結婚の約束をしていたのだ。以前から彼女は竜太郎に自分のことを紹介してと言っていた。監督を引き受けその機会がとれなかった。いや野球に夢中になり怜奈のことを忘れていたといった方がいいかもしれない。

「わかってるわ。スナックの女は校長の息子の結婚相手としてふさわしくないんでしょう？」

「いや、そんなことはない」

「じゃ、あなたは私と結婚するつもりでいるの？　いつになったら一緒に暮らせるの？」

また言葉に詰まる。軽い気持ちで結婚しようと言ったわけではなかったが、今は野球に専念したかった。

「一年待ってくれないか」

ふざけないで、と怜奈が叫んだ。

「私二十九よ。来年は三十歳よ。わかってるの？　一日だって待てないわ」

「じゃあ地区大会が終わるまで」

「私たちどこに住むの？　この1DKじゃ狭いでしょ。私のアパートだって無理。住むところも探さなきゃいけないけど、冷蔵庫だって洗濯機だって買わなきゃダメでしょ。コインランドリーなんて私いやよ。

私はあなたと、あなたの両親の住む家で暮らしたい」

「冗談じゃない！」

竜太郎の家は延べ床面積百坪を超す豪邸だ。だが竜太郎と、竜太郎と再婚した母とは金輪際同居したくない。

「わかったぞ、お前はオヤジの、常陽学園理事長の家と財産が魅力なんだろう。だからオレに結婚してと言ったんだな」

怜奈の顔がこわばった。

「本気で言ってるの？」

徹は答えなかった。

「社長」

「なんだ」

「私、お店辞めます」

バタンとドアを閉め、怜奈は去った。

午後八時、水上から電話があった。

「怜奈ちゃんが店にこないんですよ。電話もつながらないし。どうしたのかなあ」

「怜奈からはオレに電話があった。頭が痛いから休ませてほしいそうだ」

徹はとっさに嘘をついた。

「変だなあ、朝は球場にいたのに。急に頭痛になるなんて」

「今日は飲み物とつまみだけ出してくれ」

――あいつ本気か――


インターホンが鳴りリサが玄関の引戸を開けた。怜奈が立っていた。

「お姉ちゃんどうしたの、こんな夜に」

「ちょっとあがらせて」

怜奈がキッチンに入っていった。

「パパと、あなたのお母さんはもう寝た？」

リサがうなずいた。

姉はいつも自分の母を「あなたのお母さん」と言う。それがリサにはさびしかった。異母姉妹、ということはリサが中学に上がるとき知った。それ以来リサは、私のお母さんはお姉ちゃんのお母さんじゃないのね、と思っている。

「お酒あるかな」

「お父さんのウィスキーならあるけど」

リサは戸棚からウィスキーとグラスを出した。怜奈はウィスキーをグラスにどぼどぼと注ぎ一気に飲んだ。リサが顔をしかめた。

「そんな飲み方したら駄目だよ」

ふーっと怜奈はため息をついた。

「ねえリサちゃん」

「なあに」

「あんたの所の監督って嘘つきねえ」

「お姉ちゃん風間監督知ってるの？」

「知ってるも何も、私の仕事場の社長よ」

「監督は社長だったんだ、すごい！」

ふふと怜奈が笑う。

「リサちゃんは私の仕事が何か知ってるの？」

リサは首を振った。スナックに勤めていることは話していない。

「明日の日曜空いてる？」

「うん、今日が試合だったから明日は休養日」

「私、引っ越そうと思ってるんだ」

「うちに来るの？」

怜奈はそれには答えず、紙と鍵を出した。

「私のアパートの住所と鍵よ。荷物まとめるの手伝ってほしいの。もし私が寝過ごしてたらその鍵で入って起こしてね」

じゃ、と言って怜奈は家を出て行った。


アパートに戻り部屋に入ると怜奈は灯りをつけた。鍵をかけずに出たのだ。たった一つの鍵はリサに渡した。明日の朝リサは来るに違いない。

（その時私はもう生きていない――）

徹が怜奈の前の店に初めて来たのは二年前だった。リーゼントにレザージャケット。アルコールを頼むかと思ったらオレンジジュースと言った。バイクなんでねと付け加えた。この店に可愛い女の子がいるって聞いたけど君か、と言った。店に女は何人もいたから答えに詰まった。その後、週一回の割合で徹は来た。

徹が通うようになってひと月後、閉店までいた徹は帰りに付き合ってと囁いた。二十四時間営業のインターネット喫茶で待っているからと。そこで徹は、オレも店を持ったから働かないかと言った。徹は今の店の時給を訊き、それより高くすると言った。一度店を見てくれと言った。バイクのリアボックスからヘルメットを出し、タンデムで行った先は店ではなくホテルだった。車のない怜奈は拒めない。

部屋に入ると徹は怜奈を後ろから抱きブラウスのボタンを外していった。女をだますのが上手い男だと思った。怜奈は徹と寝た。

怜奈は「不夜城」で働き、ときどきは徹のマンションに泊まった。一年後、結婚しようと徹は言った。

——結局もてあそばれたのね、私ってそんな女なのよね——

怜奈はリサの母から、お前は先妻の子だ、とビンタされたのを思い出した。ならば、と怜奈は思う。あんたは私からパパを奪った女よ。

怜奈は流し台のシンクの下の戸をあけ出刃包丁を出した。

ベッドに腰掛け出刃包丁を首筋に当てた。

——さよなら——

怜奈は包丁を思い切り引いた。


徹はリサから怜奈の自殺を知らされた。

日曜日、リサは紙に書かれた住所のアパートへ行きドアを開けた。中に入ると一面が血まみれになった床に怜奈が横たわっていた。姉は殺されたのだと思い半狂乱になったリサは警察に電話した。医師の検死の結果、自殺と判断された。リサは葬式が終わるまで部活は休むとのことだった。

本当の喧嘩別れになってしまったなと徹は思った。だが自分は本当は怜奈を愛していなかったのではないかと思った。野球にかこつけて怜奈から遠ざかっていたと言えなくもない。ともあれ徹は怜奈の勤め先の社長として通夜に出席した。

父母とともに入り口に立つリサは泣きじゃくっていた。血の繋がらない姉でも、慕っていたのだろうか。

（オレと兄さんはそうではない……）

徹は晃一郎とは音信不通だった。

練習は本格的な実戦形式になった。外野にも守備を置いたバッティング練習。ピッチャーは飛島。投球練習を兼ねていた。打ったら走る。各部員が交代で打席に立つので守備と打者が入れ替わる。素人野球だなと徹は思ったが部員が少ないので仕方がない。時々はダブルプレーの練習もした。

木島の球が走るようになった。徹はインターネットと教則本で研究したカーブの投げ方を教えたのだが、素質があったのか切れのいいカーブを投げるようになった。飛島もスピードはないがコントロールがよくなった。徹は就任した時から日曜日ごとに数人ずつ車に乗せバッティングセンターに行き打撃練習をさせていた。効果があったのか先の練習試合では打球がよく飛んだ。だが後に、それが付け焼き刃の練習であったことを嫌というほど思い知らされる。

初戦

全国高校野球選手権——夏の甲子園の地区大会の組み合わせが発表された。常陽高校は大会二日目の第三試合で相手校は泉が丘高校。

翌日、徹は大型バイクで泉が丘高校へ行った。選手のリサーチだ。

校庭では投手と思われる二人の部員がピッチング練習をしていた。当日どちらが先発かわからないが二人とも右投げだった。木島は左投げ。

(左投げに慣れていないいないなら好都合だな)

だが油断はならなかった。きっとこの学校は練習試合をいくつもこなしているだろう。対戦相手に左投げの投手もいたはずだ。

他の部員達はバッティングの練習をしていたが、投げるのは投手ではなくピッチングマシンだった。今更ながら徹はピッチングマシンの存在を思い出した。

(オレとしたことがなぜピッチングマシンのことを思い出さなかったんだろう。仕方ないか。大学卒業以来、野球とはご無沙汰だったもんな)

とにかくオヤジに頼んで購入してもらおう。夏の予選が終わっても秋季大会がある。

「あのー」

後ろから声がした。振り返ると三人の女子高生。

「風間さんですか？」

徹は驚いた。

「なんでオレの名前を知ってるんだ？」

三人はキャーッと歓声を上げた。

「やっぱり風間さんだ！」

三人は飛び跳ねて笑う。

「ここらの女子の間で噂されていたんです。今年常陽高校野球部にすっごいイケメンの監督が来たって。リーゼントにレザージャケット、大型バイクで現れるんだって」

女子高生の噂話はそんなに広まるのか。

「ところでここで何してるんですか？」

まずいと思った。野球部のリサーチに来たとは言えない。

「あ、ああ、長時間バイクに乗って疲れたんで休憩してるんだ」

「すっごいかっこいいバイクですね。やっぱり恋人を乗せて走るんですか？」

「いや、恋人はいない」

「じゃ結婚してるんだ」

「まだ独身だよ」

三人はまたワーッ！　と歓声を上げた。

「お姉ちゃんに言おう！　常陽高校野球部の風間監督はお嫁さん募集中だって」

「駄目よ。私がこれから五カ年計画でオンナに磨きをかけてプロポーズするんだから」

「風間さん、地区大会の日程教えてください。私達応援に行きます！」

徹はうろたえた。

「おいおい、君たちは泉が丘高校の生徒だろう。自分達の学校を応援しろよ」

三人は顔をしかめた。

「だってうちの野球部の顧問ダサいんです。五十歳の地理の先生で、おでこが光ってて、おなかも出ていて、ねーっ」

三人はまたキャッキャと笑った。

「オ、オレ、忙しいんだ」

そういって徹はバイクにまたがりエンジンをかけた。

　試合の日になった。

開始前グラウンドで投球練習をする木島に徹は言った。

「お前は公式戦は久しぶりだから調子を戻すのに時間がかかるだろう。打たれることを恐れるな。点を取られても気にするな。ただコントロールに留意しろ。デッドボールでいたずらに出塁されないように」

「はい」

隣で投げる飛島に声をかけた。

「どんな気分だ」

「緊張っすね」

「オレは投手に完投はさせない主義だ。筋肉を傷めるからな。六回でお前に交代させる。だから投球練習は無理するな」

監督、と後ろで声がした。城ノ内リサと宮里安奈だった。リサは麦茶の入ったジャグを二つ、安奈は梅干の入った瓶を持っている。

「あと、2リットルのスポーツ飲料を、二箱用意しました」

「おお、用意してくれたか、ご苦労さん。それと紙コップとマーカーも用意したか」

「はい」

「選手は自分の飲むコップに名前を書くように言っておけ」

「でも、なんで梅干を用意したんですか」

リサが訊いた。

「塩分補給と疲労回復だ。麦茶にもナトリウムはあるけどな。水ばかり飲んで塩分を補給しないと体内の塩分の濃度が下がって体調を崩すんだ。熱中症になる恐れさえある」

天気もいいし最高の試合日和だなと徹は思った。

「かざまさーん」

スタンドから声がした。振り返ると先日の泉が丘高校の女子たちだった。三人は徹に手を振った。

「うちの学校にあんな女子いたっけな」

ショートの竹澤が言った。まいったな、と徹は思った。


試合が始まった。後攻の常陽は守りについた。木島が投げた。第一球ボール、第二球ボール、第三球ファール。結局フォアボールで出塁させてしまった。当然相手はバントで来る。徹はサインを送った。前進守備、ただし相手校に気付かれぬよう。

二番バッターがバントを打った。三塁前に転がる球をサードの畑中が捕り、落ち着いてファーストの中山に投げた。一死。

続く三番バッターを内野ゴロ、四番バッターをライトフライで捕り無失点で抑えた。チェンジ。

常陽の一番はショート竹澤。打ったが内野ゴロでアウト。二番、ライト西山、三振。三番ファースト中山。打ちあげてライトフライ。一進一退の状態が続いた。

変化は泉が丘の打者が一巡した三回表に起こった。一番打者がシングルヒット。二番打者がレフト前ヒットで三塁打。一点が入った。そのあとは何とか抑えたが常陽にはヒットが出ない。徹は今更ながらピッチングマシンのことが悔やまれた。もっと打撃練習をさせておくべきだった。

1対0のまま六回を迎え、予定通りピッチャーを飛島に変えた。投げるごとに木島の球は走るようになり完投出来ないこともなかっただろうが、木島の疲労のことと飛島に経験させることを考え交代させた。

意外と飛島は好投した。180cmを超える長身が威圧感を与えたのかもしれない。だが球はスピードがない。ヒットこそ出ないものの次第に打たれるようになってきた。

八回、ついに飛島は打ち込まれた。三番打者がレフト村上の頭上を越す二塁打、四番打者にまわってしまった。

第一球ボール、第二球ボール。第三球、飛島の手が滑った、と徹は思った。鋭い音がして球が空高く舞い上がった。

ホームラン。泉が丘高校の応援団が歓声を上げた。

続く五番もシングルヒット。六番は内野ゴロでアウト。

九回にも二点を入れられ5対0で敗退。ナインはホームベース前に並び一礼した。

だが徹は満足していた。今回もエラーはなかった。ナインはみな自分のサインを読んでいた。木島も飛鳥との交代に文句ひとつ言わなかった。

(おまえら、よくやった)

不覚にも徹は涙を流した。監督が泣いてる、と安奈の声がした。悔しいのね、とリサ。

(リサ、安奈、悔しいんじゃない、嬉しいんだ)

徹は心の中で言った。

今年の地区予選で異変が起こった。北麗高校が三回戦で青嵐学園に敗退したのだ。徹はこの地区の高校野球に精通していなかったので青嵐学園がどんな高校なのかよくわからなかった。唯一わかるのは青嵐が常陽や北麗と同じ私立高校ということだった。青嵐学園は代表校になった。

(高い報酬でベテラン監督を雇ったのだろう)

テレビのニュースで青嵐学園の練習風景が紹介された。

意外にも監督はまだ二十代だった。ただし東京六大学の野球部出身だった。ちゃんと教員免許も取り青嵐学園では数学を教えているらしい。わかりやすい授業が好評だとのことだった。

（落ちこぼれのオレと違い文武両道ってわけか）


全国高校野球選手権大会が始まった。青嵐学園の一回戦の前日、徹は部員に言った。

「明日は自宅で青嵐学園のプレイを見ろ。当たり前だが三年生でなく一、二年生のプレイに注目しろ。録画もできたらしておけ」

翌日、徹はマンションでテレビを見た。試合開始のサイレンが鳴る。「ＳＥＩＲＡＮ」とネームの入ったストライプのユニフォーム。

思ったより淡々とゲームは進んでいった。青嵐に派手なプレイはない。

わからない、というのが正直な感想だった。ピッチャーは特に速い球を投げるわけではない。強打者がいるわけでもない。強いて挙げればバントや盗塁で小刻みに点を稼ぐといったところか。

（しかしそんなのは野球の鉄則だ）

ひとつわかったことがあった。監督の表情が明るいのだ。

(やはりガミガミ叱るより明るいムードの方がのびのびプレイできるってわけか)

青嵐学園はベスト8まで行った。手ごわい相手だと徹は思った。

地区予選敗退後は軽く調整をした。炎天下の練習で体調を崩されてはまずい。秋季大会終了後、涼しくなったころに筋トレも含め本格的なトレーニングに入るつもりでいた。

嬉しい出来事があった。新たに三人の一年生が入部してきたのだ。皆経験者だった。まだ全員で二十数名だが紅白戦ができるようになった。

大人側の事情

二学期に入った。

いつものように徹は授業が終わる頃を見計らってバイクで常陽高校へ行った。校内では生徒たちが清掃しているようだった。部室でユニフォームに着替えて出るとまだ二十代前半と思われる女が立っていた。ショートカット、白のブラウスに黒のタイトスカート。

「こんにちは。常陽高校英語科の川崎陽子です」

「川崎……聞いたことある名前だな」

「野球部の顧問です。名前だけですが」

徹は驚いた。

「無茶な、あんたみたいな若い女が高校野球部の顧問なんて無理だ」

陽子はさびしげに笑った。

「教頭先生に押し付けられたんです。誰も野球部の顧問を引き受けたがらないからと。これってパワハラですよね」

「パワハラなんてもんじゃない、いじめだ」

「すこしお話ししてもよろしいですか」

「ああ」

徹と陽子は並んで校庭を歩いた。

「私、昨年度この学校に赴任したんです。そしたら教頭先生は私に目をつけて飲みに行こうとかドライブしようとか誘ってきて。仕事は忙しいし年配の男性は苦手だし、お断りしていたら気分を害されたのか野球部の顧問を押し付けられたんです。

私、どうしていいかわからず校長先生に相談したんです。私は野球のことはわからないと。そしたら校長は、息子が野球の経験があるから監督を頼んでみようっておっしゃってくれたんです」

なるほど、と徹は思った。自分の監督就任にはそんな伏線もあったのか。

「感謝してます。風間さんが監督に来てくださらなかったら地区大会出場は無理だったでしょう。そうなるとやり玉にあがるのは私です」

「教師の世界も陰湿だな」

「それで相談、というよりお願いなのですが、私にも野球部の仕事をさせてくれませんか」

「あんたがすることなど何もないよ」

陽子がさびしそうな顔をした。

「顧問という立場上、何かしていないと体裁が悪いのです」

「そうか……」

徹はすこし考えた。

「備品をそろえようと思っている。ピッチングマシンも買いたいし、ボールもバットも古いのが多い。

それで経理を担当してほしい。購入手続きはオレがやるから」

ありがとうございます、と陽子が言った。

「それではよろしくお願いし……」

徹の方を向いた陽子がキャッと叫んで両手を口元に当てた。なにごとかと徹は陽子の見つめる方に目をやった。

徹は驚いた。校舎の窓という窓から生徒達が自分達を見て笑っている。手を振るもの、口笛を吹くもの、がんばってぇーと叫ぶ女子達。陽子は走り去っていった。

まいったな、と徹は思った。監督就任以来、何度この言葉をつぶやいただろう。

夏の大会で打撃力が弱いという課題がわかったので徹は竜太郎に頼んでピッチングマシンを購入してもらった。ウェイトトレーニングの本も読み飛島にダンベルで筋トレをさせた。

「スクワットで足腰、ダンベルで三角筋を鍛えろ」

飛島には特にボークを宣告されないようルールブックを読めと言った。延長で疲弊し、投球モーションで振り上げた腕を思わず降ろしてしまいサヨナラボークになった例をあげた。毎週土曜日は五イニングの紅白戦をやり、終了後必ず反省点をあげさせた。日曜日は休養。

練習の時は安奈にノックをさせた。徹は言った。

「この時だけは選手をいじめろ。右へ左へと打ち分けろ」

そう言っても安奈はなかなか打ち分けられなかった。

「かんとくぅー、無理ですぅ」

安奈の悲鳴に徹は苦笑した。どこへ飛ぶかわからない打球が、かえっていい訓練になる。


秋季大会が始まった。来春の選抜出場校を決める重要な大会だ。

だが徹は選抜出場は考えていなかった。今の実力では選抜に選ばれるのは無理だ。六人いる一年生にチャンスを与えようと思った。来年彼らは二年生、主力選手となる。

注目する部員がいた。中学校でピッチャーを経験した谷崎だ。夏の地区大会後に入部してきたが谷崎にはピッチング練習を重点的にさせてきた。身体は出来上がっていないがコントロールはいい。徹は谷崎に言った。

「秋の大会の中継ぎはお前だ。いいな」

谷崎は驚いた。

「僕でいいんですか」

「木島は三年生だが引退せず参加する。うちは木島と飛島、そしてお前の三人でローテーションを組む。必ずお前に投げさせる」

初戦の相手は白峰高校。徹は飛島を先発に用いた。

飛島の球は走った。筋トレの効果があったのだ。なんと一回は三者三振だった。

対する常陽高校の攻撃。一番竹澤、内野ゴロでアウト。二番西山、ライト前ヒット。三番中山。主力打者だがバントのサインで西山は二塁進出。四番畑中、二塁打で一点先取。

三回、谷崎に投手交代。何発か打たれるが守備がしっかりしておりすべてアウト。

六回、木島に交代。力をつけた木島はヒットを許さない。

(見事だ——)

3対0で常陽が勝った。公式戦初勝利だった。

常陽は三回戦まで進んだ。四回戦で敗れたが今までにない大躍進に学校中が沸いた。

優勝はまたも青嵐学園。選抜出場がほぼ確定した。

青　嵐

思いもしないことが起こった。青嵐学園から練習試合を申し込まれたのだ。場所も常陽高校の校庭でよいという。徹は戸惑った。公営の球場を借りた方がよいのではないかと言うと受話器から明るい声がした。

「そちらがどういう環境で練習しているか見たいんです。設備も見てみたいし」

設備と言ってもピッチングマシンが一台あるだけだ。あとは筋トレ用のダンベルが一組。青嵐の監督の意図がわかりかねたが練習試合は願ってもない話だ。部員達に告げると歓声が沸き上がった。

試合の日、選手たちはバスで常陽高校へ来た。バスから降りると列を作り帽子を取り、お願いします！　と一礼した。まだ表情にあどけなさの残る監督が笑顔で徹の所へ来て握手を求めた。

「青嵐学園野球部監督の柳沢です。今日はよろしくお願いします」

どうぞ、と徹はベンチを促した。

「どうして青嵐さんはうちに試合を申し込んできたんですか」

柳沢はにっこり笑った。

「ここの野球部はフレッシュだ、ってことですかね」

「フレッシュ？」

「監督が最新の野球理論を持っていると思ったんです。あなたは投手を完投させず、必ず交代させるでしょう」

「よく知ってますね」

「うちは地区大会はすべて二人の副顧問に見に行かせます。もちろんスコアも付けます」

徹は驚いた。

「交代させるのは疲労がたまって球速が落ちることを避けるためでしょう」

「ええ」

「私も同じ考えです。エース級のピッチャーに何試合も連投させて疲弊させ、最後は打ちこまれてしまう試合を何度も見ました。私はベンチにピッチャーを五人用意します」

「五人も！」

「だからレギュラーのピッチャーは安心して投げられます。打ちこまれたらすぐ交代できるので」

それも青嵐の強さか。

「でもそれだけが試合を申し込んだ理由じゃありません。私は常陽さんの夏の一回戦は副顧問とスタンドで見ていたんです。新しい監督が来たということでどういう采配を振るうのかと思って。

あの試合では六回でピッチャーを木島君から飛島君に変えましたよね」

よく覚えているなと徹は思った。いや、副顧問がスコアをつけていたか。

「常陽さんはあの時点でリードされていたけれど木島君の球は走っていた。多分完投出来たでしょう。それをあえて二年生に変えた。飛島君は投手経験がなかったから打ちこまれてしまいましたよね。

あの時私は確信したんです。ここの監督さんはこの試合に勝つことを目的にしていない。二年生の飛島君に試合を経験させるために交代させたんだと。この学校はこれから力をつける。来年きっと強力なライバルになるなと思ったんです。

ですから一度常陽さんの胸をお借りしたいと思いましてね。うちの部員たちにはいい経験になると思います」

試合が始まった。意外にも柳沢は水上のチームの仲間だという審判を招いていた。球審も塁審もいた。きっと青嵐は水上のチームとも練習試合をしたのだろう。貪欲な監督だと思った。常陽の部員たちは負けて当たり前、という気持ちからかリラックスしてプレイしているようだった。両チームともに打ち合い、常陽は負けはしたが10対9だった。

「今日は楽しかった。また試合させてください」

柳沢はそう言って再び徹に握手を求めた。手ごわい相手だと徹は再び思った。

その後、常陽は水上のチームと何度か練習試合を行った。実力はどうあれ社会人との試合は高校生は緊張するようだった。年齢からくる威圧感だろうか。だが試合後、野球部員が大人たちと談笑する光景が徹には微笑ましかった。そのあともちろん徹は焼き肉店へ行き水上のチームの選手たちと痛飲するのだった。

クリスマスイブ

クリスマスイブの夜、徹は「不夜城」にいた。怜奈が亡くなったので、別の店のマキという女を入れていた。

「社長、監督業も今はシーズンオフですか」

水上が言った。

「年末年始は部員はシーズンオフさ。完全休養だ。だがオレは三学期の練習メニューを考えているところだ」

徹は背伸びをした。

「監督業も楽じゃない、プロ野球の監督などよくやってられるよ」

店のドアが開き、女が入って来た。川崎陽子だった。

「川崎先生⁉」

徹が叫んだ。

「先生はやめて。陽子って呼んで」

足がふらついていた。酔っているようだった。陽子はカウンターの徹の隣に座った。

「どうしてここがわかったんだ」

「野球部員が話してたわ、監督の本業はスナック経営だって。彼らに店の名前を訊いたのよ。すごいわね、店を三つ持ってるなんて。三軒回って三軒目でやっと見つけた」

「女性が一人でスナックに来ちゃだめだ」

「男達に犯されるっていうの？」

「悪い冗談はやめなさい」

「私だって大人の女よ。お酒だって飲むわ」

うっと陽子は唸り、口に手を当てトイレに駆け込んだ。吐いているようだった。徹は水上に耳打ちした。

「オレはあの女を送っていく」

トイレから出た陽子の肩を抱き徹は店を出た。駅前でタクシーに乗ろう。

「徹さん」

「なんだ」

「あなたの部屋に泊まらせて」

「無茶言うな」

「いいの。今日は職員の忘年会だから同僚の女先生の家に泊まるって両親に言ってあるわ」

忘年会は事実だった。徹も竜太郎に誘われたが教員ではないからと断ったのだ。

徹は考えた。同僚の家で泊まると言って泥酔状態で家へ帰ったら、陽子の両親は何かあったと思うだろう。まして自分のような男に連れられて帰ってきたら。徹はとりあえず自分のマンションで一晩眠らせることにした。マンションまでは歩いて十分。

部屋に入ると陽子はベッドに腰掛けた。

「忘年会の後、若い職員たちでカラオケに行こうって話してたら教頭に手を握られた。私の手をひっぱって囁いた。ホテルへ行こうって」

「……」

「私、手を振り切って走って逃げた。気が付いたら私はあなたのお店を探してた。一軒目にあなたはいない。でもやけになって水割りを飲んだ。二軒目もいない。そこではジンフィズを飲んだ。三軒目でやっとあなたに逢えた」

「教頭にからかわれたくらいで、なんでそんなにやけになるんだ」

ふっと陽子は笑った。

「祖父が私の縁談を決めてたの。昨日初めて聞かされた。誰だと思う？　国会議員の息子さんよ」

「いい縁談じゃないか」

「祖父が陳情に便利だからと話を進めたの。私の祖父は北麗高校の理事長よ。祖父は私をスパイとして常陽高校に送ったの」

「何だって！」

「常陽高校の内部を探るためにね。そんなことしてどうするのかしら。川崎って名字は偽名よ。この学校は住民票も戸籍も提出不要なのね、あははは。住所は妹の嫁ぎ先の番地を借りたわ。

九月ごろ野球部の仕事をさせてってあなたに言ったわよね。それも祖父の指示なの。まあ顧問の話自体は教頭からだったけど、それをいいことに野球部の内部事情を探れって。内部事情内部事情ってばかばかしい」

「落ち着きなよ」

「最後は国会議員の息子と結婚しろって。いったい何を陳情するの？　あなたは知ってると思うけど祖父はあなたの学校を吸収しようとしているのよ。まさかそれを議員さんにお願いするわけ？」

「もう寝なさい」

「ベッド借りるわね」

陽子はタートルネックのセーターとスカートを脱いだ。黒いストッキングからピンクのパンティが透けて見えたがそのストッキングも脱ぎ、若い女の太ももがあらわになった。

徹はクローゼットからインナーウェアを出し陽子に渡した。

「ちょっと大きいかもしれないけど」

インナーを着て陽子はベッドに入った。

「ねえ徹さん、抱いて」

「馬鹿なこと言うな」

「じゃ、せめて添い寝して。女を一人ベッドで寝させるなんて男じゃないわよ」

「むちゃくちゃだ」

「むちゃくちゃでいいの、あー」

陽子は欠伸をした。徹は床に寝ようと思ったが予備の布団も毛布もなかった。暖房が効いているとはいえ寒いので結局ベッドに入ることにした。

パジャマに着替えた徹がベッドに入った。陽子が抱きついてきた。

翌朝、徹は二人分のトーストとインスタントコーヒーをキッチンテーブルに置いた。徹と陽子は向かい合って座った。

「ひとり暮らしで何もないんでね」

「トーストはいらない。コーヒーだけでいい」

「今日は仕事か」

陽子は答えなかった。

「徹さんは結婚しないの？」

「約束した女はいたがね」

怜奈のことだ。

「別れたってことね」

陽子はコーヒーを一口飲んだ。

「国会議員の息子ったって四十歳よ。写真を見たけど蜂須賀小六みたいな顔。祖父は何を考えているのかしら」

「君はいくつだ」

「二十五、処女《ヴァージン》よ」

「若いな」

「近寄る男は教頭みたいな年寄りだけ。あとは国会議員の息子の蜂須賀小六だわ」


コートを着た陽子が徹を見た。

「徹さん、キスして」

「ふざけるな」

吐き捨てるように徹が言った。

「不本意だろうと縁談の話が来ている女に手を出せるか」

「あなたを愛していると言ったら？」

「愛しているわけがない」

陽子は壁を背に立った。掌を壁に当て、顔を上向けた。

「お願い、一度だけキスして。そしたら私、けじめをつけてお嫁に行きます」

「本当に愛しているのか」

陽子は頷いた。

――小娘め――

「わかった」

徹は右手で陽子の顎を持ち上げ唇を重ねた。陽子が抱きついてきた。

「離せ！」

徹は陽子を突き飛ばした。陽子はにやっと笑った。

「学校に車があるの。送って」

卒業

年が明けた一月二日、徹はリサに電話した。

「急で悪いが、お姉さんのお墓参りがしたいんだ。ところでおまえ初詣は行ったか」

「まだです」

「連れて行ってやるよ。だからお墓も案内してくれ。明日行こう。それとズボンで来てくれ、ジーパンでいい」

怜奈の自殺は自分にも責任がある。怜奈の供養と、来年度の野球部の甲子園出場を祈願しようと思った。

翌日、部室前で待つリサの所へ徹はバイクで駆け付けた。リサはトレンチコートを着ていた。徹はリアボックスからヘルメットとバイクグローブ、レザージャケットを出した。

「そのコートじゃ空気抵抗があるからこれを着ろ」

「監督、こ、こ、これで行くんですか」

徹はバイクにまたがった。

「さあ乗れ、しっかりつかまれよ！」


徹はまず神社へ行った。女子高生とリーゼントの男が黒のレザージャケットで歩くので周囲はみな二人を避けた。リサはぶかぶかのジャケットを着せられて顔から火が出る思いだった。

「監督は女心がわかりませんね。私こんな格好でデートなんて嫌です」

「オレ達デートしてるのかな」

「周囲からはそう見えると思います」

二人は神社で祈願した後、怜奈の墓地へ行った。街はずれの寺院に墓地はあった。ろうそくと線香に火をつけた。あっと徹が叫んだ。

「花を買うのを忘れていた。オレまたここへ来るよ」

二人は墓に手を合わせた。

「監督」

「なんだ」

「お姉ちゃんが自殺する日の夜、うちに来て、監督のことを嘘つきって言いました」

「……」

「もしかして監督はお姉ちゃんと結婚の約束をしてたんですか？」

「愛していた、つもりだ」

答えにならないのは徹もわかった。

「お姉ちゃんよりも野球の方をとったんですか？」

答えられなかった。

「仕方ないですよね。お姉ちゃんてわがままなところもあったから。でも、お姉ちゃんは監督を愛していたと思います。

お姉ちゃんの遺品を整理してたらフォトブックが出てきたんです。スマホで撮ったんですね、監督の写真ばっかりでした。

私、面倒くさがり屋だからスマホの写真をプリントアウトなんてしないのに、お姉ちゃんはこまめに整理して」

リサの目から涙が流れる。そういえば怜奈はよく店でスマホをいじっていた。おどけて時々写真を撮っていたが、それをフォトブックで保存していたのか。

「おまえ怜奈……お姉さんのことが好きだったのか？」

リサはうなずいた。

「私、お姉ちゃんが大好きだったのにお姉ちゃんは私を避けて。お姉ちゃんと私は母親が違うって、だいぶ後になって知らされたんです。お母さんはどうしてお姉ちゃんに冷たいのかなって思ってたんだけど」

徹がリサに目をやった。

「リサ、オレもオヤジと、校長と血が繋がっていないんだよ」

リサがハッと徹を見た。

「実のオヤジが亡くなってオフクロは校長と再婚し、オレは校長の養子になった。オレはつらかった。再婚以来オフクロは校長と、校長の息子にへつらって。オレはオフクロを校長に取られたような気がした。

男ってのはなあ、どんなに大人になっても母親に甘えたいもんだぜ」

「それはお姉ちゃんも一緒だったと思います。フォトブックにお姉ちゃんのお母さんの写真がありました」

「リサ、お姉さんの為にもオレ達は来年甲子園にいくぞ。お前もがんばってくれ」

リサがうなずいた。


卒業式の日が来た。徹は出るつもりはなかったが職員として出席を頼まれた。礼服を着ながら白ネクタイをつけるのは久しぶりだと思った。再近では結婚披露宴でも白ネクタイをつけることはない。さすがにバイクではなく車で行った。

体育館へ行って生徒の多さに驚いた。これで生徒減というなら昔は何人いたのだろう。女子達が徹を見てくすくす笑う。

(リーゼントで礼服は合わないかな)

全校生徒が『蛍の光』を歌う。そういえば、と徹は思った。オレは卒業式を欠席してバイクでツーリングに行ったたっけ。

卒業式の後、徹は木島に声をかけられた。詰襟を着て卒業証書を持っている。

「監督、野球部室まで来てください」

行くと野球部の三年生達が並んでいた。木島が言った。

「監督、一年間ご苦労様でした。夏は一回戦で負けましたが秋は三回戦まで進みました。

この分だと夏は期待できそうです。ぜひ甲子園に行ってください。お願いします」

三年生達が声を合わせて、お願いします！　と言った。

「ああ、まかせとけ」

木島が言う。

「それで相談なんすけど、ライトの西山をピッチャーに仕上げられませんか。あいつこの一年ですごく遠投できるようになったんで。飛島と谷崎と、もうひとりピッチャーがいてもいいと思うんですけど。

言うのが遅かったですか」

「いや、秋のトレーニングで基礎体力はついているからこれから調整すればいい。

ところで木島は内部進学か」

「はい」

「じゃ、卒業後も野球部の面倒を見てくれ。お前が西山を育てればいい」

選抜での青嵐は快進撃した。青嵐学園は準々決勝まで進出した。徹は思った。

(あの学校と闘うことを想定して練習しないと)

新学期になった。徹は嬉しい悲鳴を上げた。昨年度の活躍が評判を呼び、新入生がどっと入ってきたのだ。部員数は四十人を超えた。ユニフォームが足らずスポーツ店に注文した。全体の入学生も定員を割ることはなかったと竜太郎は徹に感謝した。西山にはピッチャーもできるようにと木島に指導させた。一年生にはランニングとキャッチボール。二、三年生にはピッチングマシンを用いて打撃練習をさせた。土曜日は紅白戦をやった。徹は紅軍、木島は白軍の監督をした。

長いものには巻かれろ

五月の中旬、麻子から電話があった。

「お父さんが入院したわ」

「えっ」

「進行性のガンよ。夏の予選まで持たないかもしれない」

麻子は泣いているようだった。

「オヤジが死んだら誰が理事長になるんだ」

「前も言ったようにお父さんはあなたを理事長にさせるつもりだったの。でも理事会に規約があってね、理事長職は理事会で決定することになっているのよ。まさかとは思うけど理事長職を狙っている人もいるかも」

徹は理事長になりたいとは思っていなかったが、父の死後誰かがうまうまと理事長になったとしたら腹立たしいことだと思った。

(オヤジの学校を他人に渡してたまるか)


翌日ユニフォームに着替えた徹が野球部室を出ると、六十過ぎらしい男がにやにや笑いながら近づいてきた。

「や、どうも、理事長の息子さんですな」

「ええ」

「私、教頭の金本というものです」

この男が教頭か、川崎陽子をあれこれ口説いた。

「ちょっとお話ししたいことがありましてな、ここではなんですから校長室に来てくださらんかな」

「校長の休職中に校長室を使用していいんですか」

金本は答えず、へ、へ、へ、と笑う。いやな男だと思った。陽子に限らずこんな男にホテルに誘われたら女は鳥肌が立つだろう。

校長室のソファに二人は向かい合って座った。

「これは一部の人間しか知らないのだが。いや、あなたはご家族だからご存知かもしれませんが校長……理事長の病状はかなりお悪いらしい。聞くところによるとあと数カ月の命だそうで。

理事長の奥さん、つまり、あなたのお母さんから聞きましてな」

(母さん余計なことを言いやがったな)

「以前理事長に次期理事長の話を尋ねたんですがな、どうやら養子さんであるあなたにさせるおつもりのようですな」

金本は徹の前の湯飲みに茶を入れ、自分の湯飲みにも入れ、ずずっとすすった。

「しかしながら、失礼ですがあなたはまだ若い。組織というものはですな、なかなか厄介なものでね。長いものには巻かれろということもあるんですよ」

「どういうことですか」

「ざっくばらんに言いますが、理事長職はあなたには重荷ではないかと。ここは経験の長いものが就いた方があなたも楽ではないかと思うんですがな」

「私は理事長には不適格ということですか」

「いや、言葉通りに受け取らなくても。へへへ」

「父と相談してみます」

徹は立ち上がり一礼して校長室を出た。首を絞めてやろうかと思った。

日曜日、徹は竜太郎の病室を訪れた。

「なるほど、金本がそんなことを言っていたか」

竜太郎が言った。ずいぶん痩せたなと徹は思った。

「あの男の言うことはともかく、規約上は理事長は理事会で決定するということじゃないか」

「そうだ。しかも理事長は理事から選出することになっている」

「だったらオレが理事長になるのは無理なんじゃないか」

「いや、君は理事に名を連ねている」

「えっ」

「こういう時のために事前に加えておいたのだ。だから理事会に君は参加できる。私の死後緊急理事会が開かれるだろう。その時は頼むぞ」

練習は淡々とこなされていった。紅白試合の数も増え、部員たちは試合のリズムをつかんでいった。

六月に入り竜太郎の容態が悪化した。もってひと月だろうと麻子は言った。悲しみに暮れている暇はなかった。いや、悲しみが湧き上がってこなかった。

(やはり母の再婚相手に愛情は感じられないのか)

怜奈もやはり同じ思いだったのだろうか。父親と母親の違いはあっても。


土曜日の夜、川崎陽子から電話があった。

「来週緊急理事会があるそうです。議案は新理事長選出の件です」

徹は驚いた。

「来週!? オヤジはまだ生きているぞ」

「それが、理事長の告別式の弔辞は新理事長がしなければならないからと教頭が言うのよ」

「馬鹿な!」

そんな理屈にならないことが通用するか。しかもオヤジが生きているときから葬式の段取りを考えるなんて失礼な。

「一応現理事長、つまりあなたのお父さんは養子であるあなたを新理事長にする意思を通達してあり理事会も理解を示しております。つまり理事会では風間徹氏の新理事長就任に賛成か反対かという議事がなされると思うの」

「理事ってのはどういうやつらだ」

「常陽高校の職員よ。あと市会議員や県会議員もいるけど、その人たちは名誉職だから内密に不参加を頼まれると思う。

きっと教頭は職員たちに根回しして自分を推薦するよう頼んでいると思うわ。お願い、理事会には出席して」

——なんともはや——

昨年春から振り回されっぱなしだ。考えてみればオヤジは実子の晃一郎になぜ理事長の話を持ちかけなかったのだろう。一度兄に電話してみるか。


陽子との電話の後、徹は晃一郎に電話をかけた。はい、と低い声がした。

「兄さん、徹だよ、元気かい」

「なんの用だ」

「オヤジが重体だ、進行性のガンなんだ」

「……」

「何とか言ってくれよ、あんたの父親があとひと月の命なんだぜ」

「あんな男のことはどうでもいい」

「冷たいな」

「見たんだよ」

「何を」

「オヤジが、お前の母親を抱いているのを」

頭を殴られた思いがした。

「高校三年の時だった。親父とお前の母親が結婚して間もなくだったか。いや夏休みだったかな、だからオヤジは家にいたんだ。

夏期講習から帰ったら二階から女の声がした。うめき声のようでお前の母親の具合が悪いのかと階段を上った。

ドアが開いてて二人はベッドで裸で抱き合っていた。私のことは気づかなかった。

けがらわしいと思った。実の母とのセックスを見ても嫌悪すると思うが、オヤジは母の亡き後別の女と結婚しセックスしたのだ。

私はもうあの男と関わるつもりはない」

電話が切れた。

兄もオレと同じ思いだったか——。

さすがに徹は母親と竜太郎の性行為を見たことはないが、母の再婚というだけで随分ショックだった。その悲しみは実の父の性行為を見るより深いだろうと思った。

理事会

理事会の日が来た。場所は常陽高校の会議室だった。机に座席表が置かれており各理事の名前と担当教科等が書かれていた。徹の役職は野球部監督。

(なるほど、こういう時のためにオレを監督にしたのか)

金本が前方の席に参加者と向かい合う形で座った。

「えー、お忙しいところをお集まりいただきありがとうございます。只今より、緊急理事会を始めたいと思います。なお、慣例により、教頭である私が議長をつとめさせていただきます。

今回の議案は、新しい理事長に現理事長風間竜太郎氏の御養子である風間徹理事が就任されることに異議はないかということでございまして、各自忌憚のない意見を述べていただきたく存じます」

議長、と声が上がった。数学科の細川だった。徹よりやや年上の男性だ。

「物の道理としてまず、徹氏に理事長就任の意思があるかどうかを確認したいのですが」

「あ、ああ、そうですな」

明らかに金本が面倒そうな顔をする。

「徹さん、いや風間理事、どうですかな」

徹が立ち上がった。

「一般論としてこういう場合、理事長の息子が就任するのが適当かと思います。自分のことが議案にかかっているので、あくまで私の考える一般論として聞いてください」

徹はつづけた。

「さらに言えば父、正確には継父の風間竜太郎も私の就任を願っている。そのことも考慮していただけたらと思います」

「ほかに意見は」

初老の男が手を挙げた。座席表を見ると英語科の藤井だった。

「徹さんは失礼ながら教育界に詳しくない。新理事長は教員から選んだ方がよろしいかと思います」

そうきたか、と思った。それにしても教育界に詳しくないとは何事だ。お前達はちゃんと生徒達に向き合ってきたのか。藤井が続ける。

「そういう意味で、我が校最高齢の、いや、現理事長をのぞけば最高齢の金本教頭がよろしいかと思います」

根回ししてたな——と徹は思った。

「皆さんご意見は」

少し周囲が騒がしくなった。多分根回しが徹底しておらず金本から話を持ちかけられなかった教員もいるのだろう。誰が考えても理事長の息子が就任すると思っていたはずだ。

「議長！」

川崎陽子が手を挙げた。

「私は金本教頭の理事長就任には反対です」

金本が怪訝な顔をした。

「なぜですかな」

「教頭はスケベだからです」

会議場からどよめきが起こった。もっとも金本の女に対するだらしなさはみな知っている。

「私は教頭からドライブやらスナックやらに誘われていました。忘年会の時はホテルに誘われて。これって立派なセクハラですよね。

そんな人が理事長にふさわしいと思いますか」

「き、君」

「その話なら私も川崎教諭から聞きました」

徹が立ち上がって言った。

「発言するなら挙手しなさい！」

金本が叫ぶ。場が騒然となった。細川が挙手した。

「細川教諭、何か」

「話を整理したいのですが、今日の理事会は風間徹氏の理事長就任に異存はないかということですね」

「そうです」

「ならその採決をしてください。理事長就任が否決されたら、あらためて理事会を開き新理事長を選出すればよいでしょう」

異議なし、と声が上がった。ふうと金本はため息をついた。

「そうですな、それでは……、採決に入りたいと思いますがどうすればいいでしょう」

細川が挙手した。

「風間徹氏の新理事長就任に反対の理事は挙手する。それでいいと思います」

それでよろしいですかな、と金本は言い、異議なしの声が上がる。

議長、と徹は手を挙げた。

「私自身が議案にかかっているので私は採決に参加する資格はないと思います。いや、あるのかもしれませんが棄権します。つまり私が挙手しなかったとしても私が私の就任に異存はないということではなく、私を除く理事の方々に採決を一任するということです」

竜太郎の養子が私欲で理事長になりたいと思われたくなかった。

「ややこしいですな」

それでは、と金本が言った。

川崎陽子が言った。

「それは議長も同じですよ。議長は挙手できません」

「そんなことくらいわかっておる！」

いきりたって金本が叫んだ。採決に入った。

「風間徹氏の理事長就任に反対の方は、挙手を」

ひとり藤井がおずおずと手を挙げた。

（なんだ、あいつ一人しか根回ししなかったのか）

どこまで間抜けな男だと徹は思った。


理事会の後、細川が徹に声をかけてきた。

「徹さん、理事長就任おめでとうございます」

「あ、ああ、ありがとうございます」

「野球部をよろしくお願いしますよ」

と言い、一呼吸置いた。

「この学校は伝統がある反面、教師も生徒も強い観念を持っていると思うのです。所詮自分達の通っているのは落ちこぼれの学校なんだという。

あなたと野球部がこの学校のそういう雰囲気を変えていければ、いや、変えていけると思うのです。どうか頑張ってください」

「はあ……」

合言葉

七月。全国高校野球選手権の地区大会の組み合わせが発表された。

トーナメント表を見て常陽高校野球部員は歓声を上げた。Aブロックに常陽、Bブロックに北麗、Dブロックに青嵐が組まれていた。勝ち進めば準決勝で北麗、決勝で青嵐と対戦する可能性がある。

「そうなったらおもしれえな」

畑中が言った。徹は言った。

「目先の相手との戦いに集中しろ。まずは初戦突破だ」

徹はつづけた。

「今後は完全な実戦練習に入る。つまりレギュラーと、ほかの部員との練習試合をする。平日時間が取れなくても、一イニングでもやる。レギュラーに入れなかった部員はレギュラーを取り戻す気持ちでやれ！」

「はい！」

「オレ達の合言葉は『走れ《ラン》』だ。練習でも試合でも、走れ、走れ、走れ。あ、でも守備の定位置でフライやライナーが捕れるときは走らなくていい」

部員達から失笑が起こる。

「でもいいか、この言葉を合言葉に今年は甲子園に行くぞ。オレが合図をしたらランと三回叫べ、いいな。せえーの！」

部員たちは叫んだ、ラン！　ラン！　ラン！


初戦の日は快晴だった。相手は高塚商業高校。

先攻の常陽は初回から打っていった。一番矢崎、内野安打。二番山本、送りバントで矢崎は二塁進出。

三番中山がレフト前ヒット。二塁打で一点先取。

終わってみれば7対0の快勝だった。喜ぶ部員に徹は言った。

「喜ぶのは早い。二回戦があるだろう、いや三回戦も。決勝で勝って、甲子園の切符を手にしたときに喜べ」

だが常陽高校の快進撃は止まらなかった。二回戦も三回戦も勝った。

北麗高校も勝ち進んだ。ついに準決勝。常陽高校は北麗高校と対戦することになった。


準決勝前日、麻子から電話があった。

「お父さんが亡くなったわ」

準決勝

徹は夜、竜太郎の家に行った。竜太郎は座敷に敷かれた布団に眠っていた。弔問客が大勢訪れていた。ちょっと、と麻子は徹を別室に通した。

「試合の予定はどうなっているの？」

「明日午前十時から準決勝。勝ったら明後日午後一時から決勝さ」

「こっちは明日午後六時から通夜、明後日朝九時から告別式よ。あなたに喪主を務めてほしいんだけど」

「無理だ。第一喪主は兄さんがするべきだ」

「連絡はしたんだけどね、葬儀には来ないって」

それほど父親を嫌悪しているのか。

準決勝終了後、通夜に合わせてくることは出来る。だが勝てば次の日は決勝だ。

「告別式は九時からだったな」

「そうよ」

「終わるのは十時くらいか」

「弔問の方の焼香は出来るだけスムーズにとお願いしてるんだけど、もうちょっと後になるかも」

常陽学園理事長の葬儀だから大勢の弔問客が来るだろう。焼香の順番も慎重に読み上げるので時間がかかるだろうとのことだった。

「順不同で前列からの焼香にしてくれないか。葬儀の日は十一時まではここにいる。火葬場へは申し訳ないが行けない。球場に直行する」

徹は木島に電話で伝えた。決勝進出の時、自分は球場へ直行するから部員の引率を頼む、いつものようにバスは手配してあると。

（まったくオヤジは死んだ後までオレを振り回すぜ）

夜が明けた。試合前、ベンチで徹は選手たちに言った。

「ひとつだけオレ個人のことを言いたい。昨夜父が亡くなった」

それは選手たちも知っている。担任が全生徒に連絡したのだ。

「父はお前たちの校長だった。だから天からお前たちを応援しているだろう。父の応援に応えるよう頑張ってほしい」

「はい！」

「それじゃあ行くぞ、せえーの！」

部員達が叫ぶ。ラン！ ラン！ ラン！

準決勝が始まった。


両チーム激しい打ち合いになった。だがなかなか得点に結びつかない。徹は春から徹底した守備練習を行っていた。だから常陽高校にエラーはない。一方北麗高校の守備も見事だった。

2対2のまま九回裏になった。常陽の攻撃。五番佐竹、内野ゴロで一死。だが六番松本がライト前ヒットで出塁。七番木村、送りバント。三塁上にころがったゴロをサードが捕ってファーストに投げるが悪送球。松本は三塁に進んだ。ランナー一・三塁。八番藤沢、ピッチャーのコントロールが乱れてきた。第一球ボール、第二球ボール。

徹は木村にサインを送った。第三球、空振りストライク。木村は二塁盗塁。三塁にランナーがいるのでキャッチャーはセカンドに投げられない。フォアボールで満塁。

徹は松本にサインを送った。松本はヘルメットのつばを指で挟み軽く左右に動かした。了解のサインだ。少しリードを進める。

九番西山、北麗高校はバックホーム体制になった。徹は西山にもサインを送った。

終盤同点一死満塁でどう攻めるか。今までさんざん練習し、ミーティングもやった。第一球ストライク、第二球ボール。

第三球。西山は大きくバットを振った。打球が高く舞い上がった。ショートが数歩バックした。二塁塁審がインフィールドフライを宣告した。松本が三塁ベースに戻った。ショートが補球した。徹が心で叫んだ。

（インフィールドフライはボールインプレーだ。松本、ラン！）

補球と同時に松本はダッシュした。ピッチャーが振り向いてショートからボールを受けた時スタンドがどよめいた。ピッチャーが驚いて振り返るとキャッチャーがバックホームのポーズをとっていた。あわてて投げるが暴投。松本はホームベースを踏んだ。球審がセーフを宣告した。

「サヨナラインフィールドフライだ！　決勝進出だ！」

徹が叫んだ。

試合終了後、翌日の打ち合わせをして徹は竜太郎の家に行った。麻子は喪服に着替えていた。

「三時から納棺よ」

「ああ」

テレビをつけ青嵐学園の試合を見た。大量得点だった。決勝はおそらく青嵐とだろう。

「晃一郎さんが来てるわよ」

「えっ」

座敷に行くと礼服を着た晃一郎が座っていた。晃一郎は徹を横目で見た。

「久しぶりだな」

「兄さん喪主をしてくれるのか」

「それは君がすると母さんから聞いた。職場に休みを取った。父が死んだということで。葬儀場にはえらいさんの花輪が並ぶぜ。喪主の君に箔が付く」

相変わらず兄は無表情だと思った。昔からそうだった。

「相続のことだが」

「相続？」

「君の母さんからオヤジの公正証書遺言を見せてもらった。この家は君の母さんが相続する。オヤジの預貯金は君と、君の母さんが折半する。理事長職は養子風間徹に継がせる。つまりオレの取り分はゼロさ」

徹は腹が立ってきた。

「もしかして兄さんは、相続の確認のために来たのか」

「それ以外に何がある」

晃一郎は煙草に火をつけた。

「伴侶に死なれたらすぐ女を見つけて結婚する、こんな男は親じゃない。だが取れるものは取っておかないと、と思ったんだけどな」

徹は晃一郎を睨みつけた。

「帰ってくれ」

「なに」

「とにかく帰ってくれ！」

晃一郎が立ち上がった。

「帰るさ、オレの取り分は何もないってわかったからな」

ああ、と気が付いたように内ポケットから袱紗を出した。

「忌中見舞いと香典だ。あとは頼むぜ」

風間家の長男はそんなもの不要なのにと徹は思った。

(完全に風間家とは縁を切ったってことか)


午後四時、竜太郎の棺をリムジンに乗せ徹も同乗し葬儀場へ向かった。向かう前テレビをつけ青嵐の勝利を確認した。

葬儀場前にはスタッフが並び徹に一礼した。長身の男が近づいてきた。

「風間様、葬儀や試合で大変でしょうがよろしくお願い致します」

通夜が始まるまでは棺は控室に置かれる。スタッフが祭壇に遺影を置いた。オヤジはこんな顔をしていたんだなと徹は今更のように思った。兄の晃一郎もそうだったかもしれないが自分も竜太郎に愛されたという思いがない。だが今になるともっと父と語り合うべきだったと思った。

(いくらオヤジが兄さんと折り合いが悪かったとはいえ、なぜオレを理事長にと思ったんだろう。

学校の運営の仕方なんてオレにはまったくわからない）

午後六時、読経が始まった。徹と麻子は入り口に立ち弔問客一人ひとりに頭を下げた。

「青嵐学園の理事長です」

七十歳くらいの男性が徹に声をかけた。

「明日が決勝戦だというのに大変ですね」

「いや……」

相手校からねぎらいを受け徹は恐縮した。

「私は学校創立のとき風間理事長には大変お世話になったんです。私はいわば、風間理事長の競争相手になったのですが、理事長は嫌な顔ひとつせず、私立高はお互い協力し合おうと言われました。

明日はよろしくお願いしますよ」

男は頭を下げ、徹も返礼した。

次から次へと弔問客が訪れる。常陽高校の生徒達も父兄同伴で来た。オヤジは地元では名士で通っていたんだなと徹は思った。

ラン！

葬儀の日。

地区大会決勝戦の日でもある。スタッフが徹に言った。

「弔問のお客様方には失礼になりますが焼香は順不同で前列から行います。そうでないと時間がかかりますので。

決勝戦、頑張ってください」

無理もなかった。会場は弔問客であふれかえっていた。

午前九時、読経が始まった。途中から焼香が始まった。焼香が済むと弔電が読まれ弔辞となった。弔辞は教頭の金本だった。

(あの野郎、弔辞は新理事長が読むと言ってたくせに)

「遺族を代表いたしまして喪主がご挨拶をいたします」

スタッフに促され徹はマイクの前に立った。

「本日は父の葬儀にご参列くださいましてありがとうございました。

父は今年に入り進行性のガンと診断されました。六月に容態が悪化し、治療の甲斐なく一昨日永眠いたしました。

こうして多くの御参列者が焼香されるのを見て、改めて父の偉大さを感じます」

ここで一呼吸置いた。

「先ほど父と申しましたが風間竜太郎は私の継父であり、私と血縁はありません。しかし竜太郎の遺志により、私は常陽学園の理事長という大役を任されました。

継父と養子という関係で、私は継父、あえて父と呼ばせていただきますが、父には距離を感じていたのは確かです。

しかし父は私に素晴らしい宝物を授けてくれました」

ここで徹は絶句した。自分でも意外だった。ぼろぼろと涙が流れた。

「それは常陽高校野球部員達です。ご存じかと思いますが私は昨年より常陽高校野球部監督に就任いたしました。若い彼らが未熟な私の指導に文句ひとつ言わずついてきてくれて、本当に私は幸せ者です。

これもご存じでしょうが、これから青嵐学園と決勝戦です。途中退席で失礼します。

みなさん、応援お願いいいたします！」

周りから拍手が起こった。葬式で拍手はタブーなんだがなと徹は泣き笑いだった。

大急ぎで徹は車で球場に向かった。礼服で球場に行くなど思いもよらなかった。さすがに黒ネクタイは外した。暑いので上着も脱いである。更衣室でユニフォームに着替える。

ベンチに行くと選手はそろっていた。リサと安奈が麦茶と梅干を用意している。

徹はスタンドを見て驚いた。応援団の数の多さ。吹奏楽部とチアリーダー。

応援団はハチマキと、「ＪＯＹＯ」とプリントされた赤いＴシャツ、学生ズボン。

ドン！　ドン！　と太鼓の音。

セイ！　セイ！　と応援団の掛け声。

吹奏楽部のコンバットマーチ。

華やかなチアリーダーの踊り。

川崎陽子もいた。例の泉が丘の女子も三人並び、かざまさーん、と手を振る。

(まあ、にぎやかでいいか)

「監督、うちは後攻です」

木島が言った。

「なら逆転サヨナラ勝ちだ。円陣組め！」

徹の周りに選手が集まった。

「いいか、決勝戦だからって緊張するな。お前たちはやるべきことはやった。その力を出し切ればいい。

今日がゴールじゃない、スタートだ。常陽高校野球部全国制覇へのスタートだ！」

そう言って徹は選手を見回す。

「三年生！」

「はい！」

三年生達が勢いよく返事する。

「万が一、負けたとしてもこのゲームはお前たちの一生の思い出になるはずだ。これからの人生、いろいろ多難なことがあるかもしれないが、この野球部で流した汗を思い出せばきっと乗り越えられる。覚えておけ！」

「はい！」

「一、二年生！」

「はい！」

「お前たちも同じだ、たとえ負けてもその悔しさを忘れずに秋の大会に向かっていけ。

以上！」

「監督！」

畑中が叫んだ。

「なんだ」

「例のラン、やりましょう」

畑中がにやっと笑う。

「そうだったなあ、もう一度円陣組め！」

円陣を組みなおした。

「リサ！　安奈！」

「はい！」

「お前たちも円陣に入れ」

リサと安奈が円陣に入った。

「肩を組め」

肩を組んだ。

せえーの！　と徹は叫んだ。

ラン！　ラン！　ラン！


選手集合のアナウンスが鳴った。

ホームベース前に両チームの選手が並んだ。ベースの後ろに球審と塁審。

お願いします！　と両チームが叫んだ。
常陽選手が守備に就いた。
球審がプレイボールと言った。
試合開始のサイレンが鳴った。
ピッチャー飛島が振りかぶった。
徹が叫んだ。

「ラン！」

（完）

あとがき

皆様は風間徹にどのような印象を持たれたでしょうか。

本書をお読みいただければお分かりかと思いますが、リーゼントで大型バイクを乗り回す徹は一見ヤンキー（もう死語かな）に見えますが、思春期に心が傷つく出来事がありました。

そんな徹に常陽高校野球部員という「仲間」が出来たのです。徹は決して部員をしごく監督ではありません。私は書いている過程で意図的にハードトレーニングを避ける描写にしました。ボクシングでも試合前は練習量を減らし身体を休養させるようです。徹は部員一人ひとりに目を配り、彼らの能力を引き出そうとします。

地区大会決勝戦、徹が「ラン！」と叫ぶところで物語は終わります。「走れ！」、これは人生を全力疾走で生きていけという徹の（そして私の）メッセージが込められています。

皆様も様々な目標をお持ちでしょう。あるいは目標が無い、なんて言う方もいるかもしれません。目標がある方もない方も、ランと三回言ってください。勇気が湧いてくる魔法の言葉だと思って。あまり大きな声で言うと奇妙な歌を歌っていると思われるかもしれませんから小さな声でいいです。風間徹がそばにいると思って。

「いくぞ、せえーの！」

ラン！　ラン！　ラン！

夕紀祥平

夕紀　祥平（ゆうき　しょうへい）

1963年福井県武生市（現越前市）生まれ。越前市在住。京都産業大学中退後、家業の建築資材販売業を継ぐ。著書は他に『四季 ── 由美の青春』（文芸社）がある。

ラン！

2019年２月15日　初版第１刷発行

著　者　夕紀祥平
発行者　中田典昭
発行所　東京図書出版
発売元　株式会社 リフレ出版
〒113-0021　東京都文京区本駒込 3-10-4
電話（03）3823-9171　FAX 0120-41-8080
印　刷　株式会社 ブレイン

ISBN978-4-86641-216-0 C0093
Printed in Japan 2019
落丁・乱丁はお取替えいたします。

ご意見、ご感想をお寄せ下さい。

［宛先］〒113-0021　東京都文京区本駒込 3-10-4
東京図書出版